À Sheila Perry qui,
la première, me fit découvrir
les beautés de Venise.

Une première édition de cet ouvrage a paru en 2010 aux États-Unis
chez Atheneum Books for Young Readers,
un imprint de Simon and Schuster Children's Publishing Division,
New York, sous le titre *Olivia goes to Venice*.
Texte et illustrations © Ian Falconer, 2010
Photographies © Rick Guidotti, 2010

Pour l'édition française
© Éditions du Seuil, 2010
dépôt légal : octobre 2010
isbn : 978-2-02-103349-6
n°103349-1
Traduit de l'anglais par Sandra Lumbroso
Loi 49-956 du 16 juillet 1949 sur les publications
destinées à la jeunesse
Tous droits de reproduction réservés
Imprimé en Chine
www.editionsduseuil.fr

OLIVIA

à Venise

Ian
Falconer

Seuil
jeunesse

C'était les vacances de printemps. Olivia décida
qu'il fallait passer quelques jours à Venise en famille.
Il y avait beaucoup de bagages à préparer.

– Olivia, tu n'auras pas besoin de ton tuba,
dit sa mère. Ni de tes palmes…
– Mais maman, il paraît que la ville
est souvent sous les eaux et…

– Ni de tes skis nautiques.

À l'aéroport, on fouilla Olivia pour être sur
qu'elle ne portait pas d'armes. Elle était ravie.

Dans l'avion, Olivia demanda à sa mère ce qu'on mangeait à Venise.
– Ne t'inquiète pas, ma chérie, tu pourras manger
de la pizza et des glaces partout.
– PARTOUT ?!
Olivia était soulagée.

Ils arrivèrent très tard à l'hôtel. Olivia avait tellement sommeil qu'elle ne remarqua même pas la vue qu'elle avait de sa fenêtre.

Le lendemain, ils quittèrent
l'hôtel très tôt.
Ils traversèrent un adorable
petit pont.
Et puis un autre.
Et puis un autre.

— Attendez !
cria Olivia.

— On n'arrête pas de traverser le même
canal ! Je crois qu'on est perdus.
Et je me sens en hypoglycémie.

— On va manger une glace,
promit sa mère.

— On dit *gelato*,
corrigea Olivia.

Ils mangèrent donc tous un *gelato*.

En traversant un pont très large, Olivia vit pour la première fois
le Grand Canal, bordé de ses *palazzi* multicolores et scintillants.

– Oh s'il te plaît,
OH S'IL TE PLAÎT MAMAN,
est-ce qu'on peut habiter dans
un *palazzo* sur le Grand Canal ?
demanda Olivia à sa mère
avec une pointe de folie
dans la voix.

Olivia vivait un grand moment.
Elle avait besoin d'un autre *gelato*.

Ou de deux…

… ou de trois.

Quand elle se sentit revigorée,
ils reprirent leur visite.

Enfin, ils traversèrent
une sombre arcade...

... et arrivèrent sur la Piazza San Marco.
Olivia se sentit bouleversée par sa beauté.
— Maman, je crois que j'aurais bien besoin d'un autre…

Sa mère soupira.
— Je pense que nous aussi.

Olivia voulut acheter
du pop-corn pour nourrir
les pigeons.

Elle tint le pop-corn en l'air mais
ne trouva pas beaucoup de pigeons.

Ce sont eux qui la trouvèrent.

Après cette épuisante aventure,
il fallait absolument un autre *gelato* à Olivia.

GONDOLA!
GONDOLA!

Le lendemain, Olivia supplia ses parents.
– Oh maman, papa… S'IL VOUS PLAÎT,
est-ce qu'on peut faire un tour en gondole ?

Olivia négocia le tarif. Le gondolier les fit
monter à bord avec un galant "*Prego*".

Olivia trouva la promenade très reposante.
Pas le gondolier.

Ils débouchèrent sur le Grand Canal
et passèrent sous le magnifique pont du Rialto.

Ils finirent par émerger
du pont des Soupirs.

Olivia soupira.

Olivia était totalement
sous le charme.
— Je dois trouver quelque
chose qui me rappelle
Venise, mais il me faut le
souvenir parfait.

Pourquoi pas un lustre ?

— Olivia, il est plus grand que
ta chambre ! lui dit sa mère.

— Pourquoi pas une gondole ?

— Ma chérie, trouve quelque chose
que tu puisses transporter.

De la dentelle ?

Très joli,
mais pas vraiment
le style « Olivia ».

Un masque ?

Non, pensa Olivia, pas facile à remettre.

Du parfum ?
Olivia n'aime pas vraiment le parfum.

En plus, Olivia prévoit de lancer sa propre marque.

Le dernier jour, Olivia et sa famille retournèrent
à Piazza San Marco.

Dans la lumière de la fin
d'après-midi, la basilique
se colorait d'or. Ses parents
finissaient leur café. Ian et Olivia
jouaient au pied du clocher.

– J'ai trouvé ! Regardez ! s'écria Olivia.

– Qu'est-ce que c'est ? demanda sa mère.

– Une véritable pierre de Venise, répondit Olivia.
Une pierre du clocher.

– OLIVIA ! dit sa mère.
Si tout le monde emportait
un morceau de Venise, la ville
s'effondrerait. Laisse-ça là. Nous
devons partir à l'aéroport.

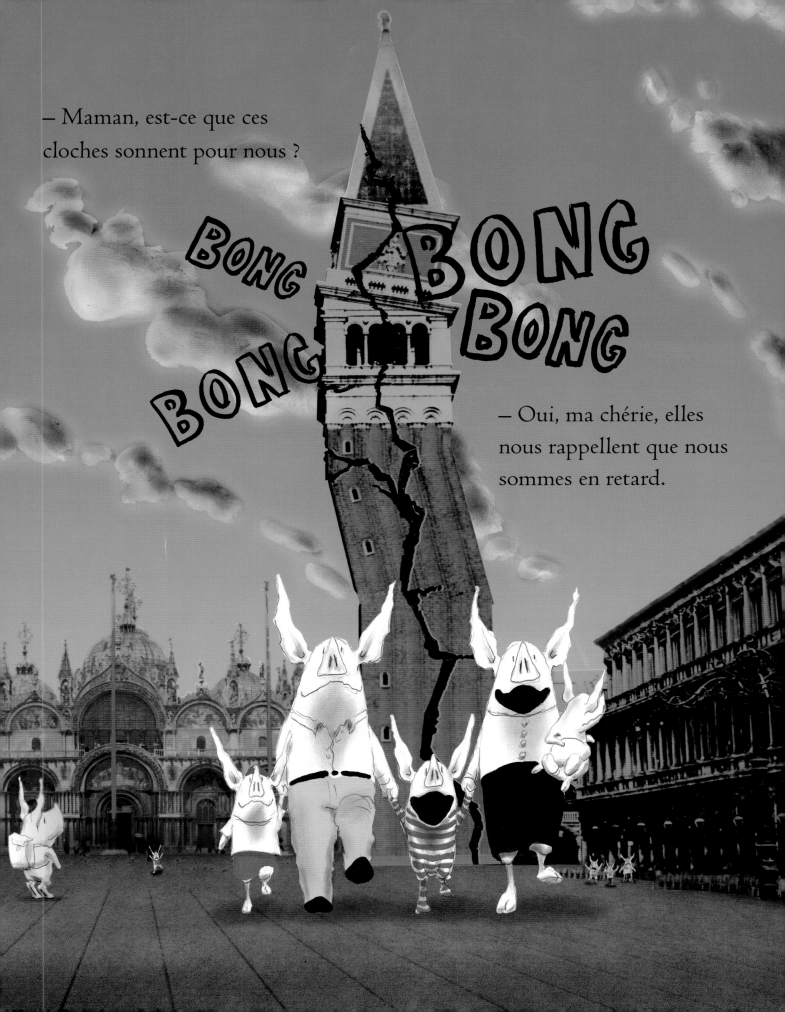

Olivia se retourna pour voir Venise une dernière fois.

— Regarde, ils nous disent au revoir...

Je n'oublierai jamais Venise, maman.
Mais est-ce que tu penses que
Venise se souviendra de moi ?

Probablement.

À peine dans l'avion, Olivia s'endormit profondément...

OLIVIA
AD MMX

MONUMENTO
OLIVIA

. . . et rêva.